나는 무수히 발원한다

김기정(金基正)

1956년 경상남도 통영에서 태어났다.

연세대학교 정치외교학과를 졸업하고, 코네티컷대학교에서 정치학 박사 학위를 받았다.

2003년 「시와 현장」을 통해 시인으로 등단했다.

시집 「꿈꾸는 평화」 「귀향」 「나는 무수히 발원한다」, 학술서 「김기정의 전략 디자이닝」 「한국 외교 전략의 역사와 과제」 「외교 정책 공부의 기초」 등, 산문집 「1800자의 시대 스케치」 「풍경을 담다」 「생각의 최전선」 등을 썼다.

연세대학교 정치외교학과 교수, 국가안보전략연구원장을 역임했다. 지금은 사회적 협동조합인 미들클래스소사이어티(MCS) 이사장을 맡고 있다.

PARAN IS 5 나는 무수히 발원한다

1판 1쇄 펴낸날 2023년 9월 20일
지은이 김기정
인쇄인 (주)두경 정지오
펴낸이 채상우
펴낸곳 (주)함께하는출판그룹파란
등록번호 제2015-000068호
등록일자 2015년 9월 15일
주소 (10387) 경기도 고양시 일산서구 중앙로 1455 대우시티프라자 B1 202-1호
전화 031-919-4288
팩스 031-919-4287
모바일팩스 0504-441-3439
이메일 bookparan2015@hanmail.net

ⓒ김기정, 2023, printed in Seoul, Korea

ISBN 979-11-91897-63-0 03810

값 12,000원

나는 무수히 발원한다

김기정 시집

시인의 말

사람 목숨이 유한한 것은 참 못할(mortal) 짓이다.

사는 일은 소풍이고 세상 구경이라 했는데

이번 생은 헛물켠 일이 더 많다.

1899년생 우리 할머니는 '제왕님네'를 거푸 부르며

남의 눈에 꽃이 되고 잎이 되라 했는데

할머니 말씀만 홀로 꽃이 되었다.

세상이 못생겨진 이유는 무지와 탐욕, 분노 조절 장애 때문이다.

지식은 불안하고 행동보다 게으르다.

이름 속에 나를 붙들고 살았으나

비겁함이 지혜를 차용하여 함께 번식했다.

부질없을 것을 알고 있으나 그래도 희망을 발원한다.

오늘은 어제이고, 내일이므로.

차례

시인의 말

제3부

제1부

한산도 앞바다

사람이 죽어
풍경이 아름다운 곳

사람 목숨이
꽃잎이라서

꽃을 길러 피워 냈던 화원이
바다라서

바다 몸을 떨게 했던 바람이
평생
그대라서

통영, 비바람 불 때

비만 온다면
은은하고 촉촉한 수채화 될 텐데
바람만 분다면
청마(靑馬)의 '旗ㅅ빨'이
우아하게 날개를 펼 텐데

비 사이로 바람이 한데 엉켜
이 포구를 뒤덮으면
달리 저항할 길이 없다.
섬 위, 젖은 나무가 울며 흔들리고
섬조차 자리를 옮겨 앉고 싶은
그런 날이 된다.

뾰족한 방도가 없는
그런 날들이 있다.
인간 몇몇의 탐욕은 간혹
올곧게 살아가려는
보통 사람들의 선한 의지를
허탈하게 만든다.
비바람 속에 섬이

체념한 듯 낮게 웅크리는 것도
인간의 욕망이 워낙
드셀 때가 있기 때문이다.

시와 시인을 낳은
이 아름다운 포구에
일 년 내내 비바람만 불지 않는 것은
참 다행스러운 일이다.
굼떴지만
역사가 인내하며 걸어왔던 길이기도 하다.

손잡은 섬

이별은
더 이상 이별이 아님을
통영 바다
섬을 보고서야 알았다.

외롭게 앉은 섬들
제각기 떨어져
울음 삼킨 듯 보이나
바다 밑으로
굳게 손잡고 있는 일들이
다만 저들만의 비밀도 아니다.

헤어진 척하고 살 뿐이다.
햇살 아래 섬의 표정은
비를 맞고 앉아 있을 때 얼굴과는
딴판이다.

언젠가 다시 만날 날에 대한 희망이
약속의 땅으로
바다 밑에 잠겨 있음을

새벽 바다

섬들의 소곤거림을 듣고서야 알았다.

잠자는 섬

섬은
정신없이 잠을 잔다.
병든 노견처럼
종일 웅크린 채 잠만 잔다.

파도가 수시로 밀쳐도
꼼지락 않는다.
섬 위에 박힌 나무가
때때로 흔들린 것은
섬이 몸을 떨어서가 아니라
바람조차 섬을 희롱하며
지나가기 때문이다.

섬이 게을러진 게 아니다.
섬은 묵언 투쟁 중이다.
목불인견 인간 세상,
기가 막혀
입을 닫은 탓이다.

묵묵히 누워 말조차 거두고

조잘대는 바다와
시답잖은 바람에
저항하기로 한
결심 때문이다.

분주해진 아침 바다

도로롱 도로롱
얇은 창호지
외풍에 시달리듯
밤새 코만 골던 바다였다.

아침 햇살이
구름 속에서 풀려나와
게으른 바다를 흔들어 깨운다.
계면쩍게 일어난 바다는
별안간 분주해지기 시작한다.

바다가 우선해야 하는 일은
땅의 가장자리에 몸을 비벼 대는 일이다.
뭍을 채근해야 한다.
눈뜬 채
늘어져 누워 있는 땅에게
같이 일어날 시간이라고 보챈다.

바다도 땅도
일어나 노는 일이 중요하다.

얼굴 부여잡고
몸을 비비고
도란도란 얘기 나누는 일은
더 중요하다.

하루하루가
사는 일의 전부다.
마주 보며 얘기하고
만지며 사랑하는 일이
살아 있는 일의 전부다.

통영 시작(詩作) 1

통영이 시를 쓴다면
목쉰
뱃고동 같은 시를 쓸 것이다.

낮고 길게
울고 울며
나를 애절하게 부르는 소리,
나는 흔쾌히 대답을 못 하는데
그것조차 알면서
나를 부르는 소리.

내가 소리를
안으로 삼키려 할 때마다
바다 위 낙조는
더 벌겋게 달아올랐다.

내 탓이다.
너를 만지지 못한 것은
오로지 나의 게으름 탓이다.

너는 지쳐 가며 시를 쓰고
나는 눈물로 읽어야 한다.

통영 시작(詩作) 2

통영더러 시를 쓰라 말하면
돌아앉아
그냥 말없이 울지 않을까.

내 몸에서 빠져나간 것들이
너무 많아

영토는 부풀려졌으나
솟아오른 지붕 탓에
하늘에는 숨 쉴 공간이
너무 협소해졌어

고운 옛이야기들이
쉽게 해체되고
바람결에도 녹아 버려
바다로 다 숨어들었어.

더 넓어지지도 못한
나의 바다는
더 이상 속마음이 보이지 않아

눈물이 모여 바다를 이룬 것을
그대들은 모를 거야.
눈물 때문에
바다가 흐려진 것을
그대들은 알지 못할 거야.

옛 흙에서 빠져나간 것들이
흐린 바다를 만들었던 것은
우두커니 비 맞는
통영 바다를 보면 알게 될 거야.

미륵산 기원(祈願)

─

정상이 바다보다
더 반짝이는 곳,
바다를 향해
남아 있는 빛조차 풀어내는 곳에서
나는 무수히 발원한다.

빛을 밖으로 밀어내어
오히려 더 빛을 내는 땅이기를,

가장 높은 곳에서
좀 더 높은 곳에 오르기를 기원할 때라야
단단한 디딤돌이 될 수 있음을.

욕망의 거리를 딛고 올라와
짐을 내려놓는다.
돌아보면
마주쳤던 나무들마다
눈물들을 묶어 두었다.
마디마디 그리움도 함께 엮어 두었다.

─

맑고 자유로운 조율은 여기부터다.
그때가 되면
기다림을 마침내 이겨 낼 수 있지 싶다.

이곳 서원(誓願)이 이루어지면
속 태웠던 하루하루가
초롱초롱
빛으로 되살아나
가벼운 구름이 될 것 같기도 하다.

조금은 더 높은 곳을 딛고 서서
바다를 향해
빛을 던지고 싶다.
바다를 눈멀게 하는 일은 괘념치 않으련다.
그것은 남아 있는 바다가
견뎌야 하는 몫일 것이다.

뱃머리 풍경

—

아버지가 오실 시간이다.

뱃머리에 이르는 길에
어둑어둑 하루의 때가 눌어붙어
반짝거리며 피기 시작하는
저녁 일곱 시.

뭍에 내리는 사람들
뭍을 떠나는 사람들
사연은 제각각 깊고 어둡다.

다 바다 때문이다.
바다에서 영생을 건져 올리는 사람들은
홀연히 뱃머리를 떠난다.
'부질없다' 한마디씩 남기면서.

땅이 목숨이라 믿는 사람들은
바다를 버린다.
한 걸음도 급한 듯 배에서 뛰어내린다.

—

생명이 살고
더불어 되살아나는
이곳 뱃머리는
바다에 오랫동안 가 계셨던
아버지가 돌아오실 곳이다.
더 어두워지기 전에
큰 걸음으로
되돌아오실 곳이다.

코펜하겐에서 통영으로

물보다 바람이 더 용맹한 곳
코펜하겐을 떠난다.
바람은 그곳에 남겨 두기로 했다.

평화 누리는 저들에게
날카롭고 뾰족한 바람 따윈
거뜬히 견뎌 낼 것이기 때문이다.
분단된 반도의 땅끝,
통영이 가져야 할
온화한 바닷바람을 위해서다.
사뭇 공평함을 위해서다.

이곳 사람들은
다리 근육을 길들이며
자전거를 움직인다.
자전거 위에서 도시가 움직인다.
단단해진 근육만큼 냉엄한 표정들이지만
나는 안다.
저들의 심장은 한없이
평화롭고 부드럽다는 것을.

저 심장 소리를
통영 바다에 풀어내고 싶다.

얼음이 녹으면 길이 열리리라.
그때가 되면
통영 섬 사이로 아늑히 흐르는
바닷바람과 함께 돌아와
이곳에 남겨 둔 바람들과
재회하고 싶다.

백석 시비 앞에서

잃었던 바다를 다시 찾아도
시가 찾아오지 않는다.

맑은 물 넘쳐 올랐던 정당샘,
욕쟁이 할매는 소리만 쟁쟁 남기고
흔적이 없다.

백석은 애절한 사랑 고백만 남겨 두고
다시 통영을 찾지 않았다.
백석을 버린 통영,
통영을 버린 백석.
사랑이란 늘 고백과 함께
부서질 채비를 한다.
'너는 나에게 무엇이냐'
그렇게 묻지 말아야 했다.

그럼에도
이곳에 오면 사랑이 되살아날 것 같았다.
백석처럼 절절하지는 못하더라도.
사랑이 아니라면

시라도 찾고 싶었다.

처녀들의 수줍음이 사라진 거리,
얄궂은 세월만 탓하다가
동백나무 바라보는 백석 얼굴 앞에서
담배를 피워 물었다.
그는 여전히 참 준수하게도 생겼다.

말라가의 전혁림

—
피카소가 나서 자랐다는 말라가에서
통영을 만났다.

햇살은 솜처럼 부드럽고
바람은 송진처럼 눅눅하다.
남쪽 아래로
향기 나는 바다를
치마처럼 단아하게 둘렀다.

해안으로 몰려든 사람들은
바다로부터 자가 치유를 갈망한다.
바다가 없으면
세상은 잡동사니에 다름 아니다.
복잡한 세상이란 뭍의 일,
바다가 그려 둔
재치 있는 경계선이 없다면
뒤죽박죽 헝클어진
쓰레기장에 불과하다.

—
단순함에 모든 진실이 담겨 있다.

피카소가 보고 자랐던 세상 바다,
그는 휘리릭 선을 그었고
그 위로
전혁림이 색을 입혔다.
간결하게 진하게

도다리쑥국

도심 한가운데 사는 고향 친구가
나를 부른다.
'봄 도다리 올라왔다'
흰 배 드러내고 누워 있을
도다리의 유혹을 이기지 못하고
걸음을 재촉한다.

동토를 밀고 올라온 약쑥과
겨울 바다 밑에서
살집을 도톰하게 키운 도다리가
향을 주고받으며 끓기 시작한다.

한 해는 입속에서 시작한다.
봄 향기가 입안에서 제대로 터져야
비로소 시간이 움직인다.
머뭇거리는 나를
시간 속으로 밀어 넣는다.

타향 땅에서
고향 바닷속으로 들어가

다시 시작해야 하는 한 해다.

제주 바닷가

뭍으로 기어이
기어오르고 싶어 하는 파도 때문에
땅들이 기진맥진 힘이 풀렸다.
바다와 뭍이 토라지듯 만났던
모진 인연 때문에
돌들만 푸석푸석해졌다.

바다 옆에 앉았으되
물기를 다 쥐어짜 낸 듯하다.
겁에 질린 얼굴들이 즐비하다.
세월이 모질었던 탓이다.
아파도 소리치지 못했던 탓이다.

1947년도의 청춘은 가고 없고
눈물이 말라
검게 그을린 표정들만 남아
섬을 지킨다.

해안선

바다와 땅이 만나는 선은
어째서 저토록 매끈할까.

모든 선들이 다 미려한 것은 아니다.
사람과 사람 사이의 선은
직선에 가깝다.
지름길로 다가섰다가
연줄 끊어지듯
뾰족뾰족 상처를 낸다.

땅과 바다가 함께 만든 선은
도자기 허리 같다.
매끈하고 부드럽다.

사랑일 것이다.
용서일 것 같다.
화해일 것이다.
해안선을 넘나드는 바람은
온기 머금어 더욱 자유롭다.

제2부

21세기 번개

번개는 빛이 아니다.
소리를 뒤에 달고 나타나는 그런
게으른 빛이 아니다.

마음이 격하게 만나야 시간이 정해진다.
공간도 비로소 의미를 가진다.
빛보다
마음과 말들이
더 일찍 움직여야 번개가 일렁인다.

사람 마음이
먼저 길을 열어야 하는 일,
요모조모 계산할 틈을 주지 않아야
번개가 가능하다.

빛과 소리는
그다음 문제다.

창으로 피고 지는 꽃

열차가 달리며
차창에서 꽃이 피고 지듯
꽃처럼 계절을 견뎠던
풍경이 피고 진다.

날려 가는 풍경 속에
꽃 같았던 네가 피고
또 지는 일이, 다만
드문드문 날아든 빗방울 때문만은 아니다.

너는
비 오는 날에도 나를 반겼고
햇살 그득한 날에는
입자들을 그득 채워
그리움을 실어 보내기도 했다.

다시 만나지 못했으니
헤어질 일이 없었다.
이별 없는 긴 시간 동안, 나는
속도 내며 살았던 일이 전부였다.

바람 속에서도
너와 눈길 마주쳤던 흔적이
바람 되어
간혹 일어난 일이
살았던 날의 전부였다.

카메라 기법

바다가 멀리 보이는 순간,
바다 향기에 채 다 이르기 전에
누구나 할 것 없이
스마트폰을 끄집어 든다.
아름다움을 담아내는 방법은
그것이 아님을
나는 안다.
요란한 셔터 소리가
기억을 다 담을 수 없음을
나는 안다.

채 다 담을 수 없는
바다를 담으려다
하늘을 담고
구름도 한 줌 끼워 넣는다.
풍경들은 곧 사소해진다.

아름다움을 담는 방법은
순간의 떨림 외엔 없다.
가장 짧은 순간의 열정만이

아름다움을 담아내는 그릇이다.
열락은 한사코
짧은 절정으로만 존재한다.

그대를 처음 본 그 순간이
가장 아름다운 바다였다.
그것 외에는 모두
사소한 일들이다.

기하학적 사랑

사랑을 해도
기하학적 사랑을 하자.

점으로 존재하는 일상,
선분으로 헤어졌다가도
꼭짓점에서 다시 만나듯
야무진 신념으로 다져진
그런 사랑을 하자.

너를 품을 공간은
나에게 없으나
점과 점이 이어지듯
너와 내가 만나
향기로운 선이 되고,
푸근한 면이 되어
정분(情分)을 담아내려 하지 않는가.

간결하고도 지루한
도형의 내부 세계에
기묘하고 원대한 법칙이 숨겨진 것처럼

그러면서도 끝내
종착점을 찾지 못하고
하염없이 이어지는
원주 계산법의 무리수같이
오묘하고도 또 달콤한 사랑.

사랑을 해도
그런 기하학적 사랑을 하자.

헤어질 결심

사랑이 늙어
무덤덤한 지경이 되면
시가 치사해진다.
그리움이라는 말도
편리하고 널널한 단어가 된다.
단어의 소소한 정의를 두고
한바탕 소란이 인다.

한때 연인이라 불렸던 사람들은
시 뒤에 숨고
대중가요 가사를 각자 꺼내 들고
자신의 방식으로 흥얼거린다.

사랑도 이별도
관계가 아니라
개체 단위의 속성이 되어 버린다.

약속 시간

초침이 넘어가며 숨은 가빠지는데
지하철 기차는 태연하다.
창마다 달리 피는 역사(驛舍)의 풍경,
못 본 척 애써 외면하면
기차가 더 속도를 내 줄까
괜히 기대한다.

시간이 기차보다
더 빨리 가는 것이,
기차가 달음박질보다 늦게 가는 것이
말이 되냐며
콩콩 뛰는 가슴 부여잡고
한참을 투덜거린다.

미로

바람 부는 나의 정원에서
나는 어디쯤 서 있는가.

입구를 지나온 지 이미 오래,
지나왔던 길마다
실을 따로 매어 두지 않았으므로
되돌아갈 일은 막막하다.

덤불 꺾어진 직각 모퉁이에
뾰로통한 채 누운 낮은 풀을 보았다.
후미진 곳에 웅크려 앉은
작은 돌부리도 만났다.
나는 풀과 돌은 아닌 것 같아
그냥 무심히 걸었는데
차라리 돌이나 풀이었다면
길 따위는 잃지 않았겠다.

걸음마다
희망 한 움큼,
후회 두 움큼이 쌓였다.

발견과 상실은
번갈아 찾아왔다.

정원은 바람길로 나뉘어 있다.
저쪽 길 바람보다
내가 걷는 이 공간 틈새로
이 바람은 왜 유독 매몰차게 부는지

제법 키 높은 나무로 가야 한다.
나무는 보이는데
맥 빠진 걸음이 헝클어졌다.

바람 속에서는 소리를 찾을 수 없다.
나무가 울지 않으면
내가 알 수가 없다.
통곡하지 않으면
너에게 갈 수가 없다.

착륙 준비

착륙을 준비하는 비행기는
묵직하고 육중하게
몸을 틀어
방향을 바꾼다.
아주 천천히
아주 느린 속도로.

가벼운 사랑만이
작은 움직임마다
노심초사가 잦다.
날 선 질투나 집착을
사랑이라 믿으며
곧잘 분개한다.

사랑이 깊어지면
몸도 생각도
무겁고 진중하게
움직이는 법이다.
그래야 곧게 뻗은
큰 길이 보인다.

사람이건
사랑이건
목적지에 안전하게 착륙하는 법은
그래야 한다.

기다림

누군가를 기다린다는 것은
시간과 나의 사회적 관계를
재설정하는 일이다.

나는 더디 가는 시간을 흘겨보고
시간 또한
막무가내인 나를
째려보는 과정이다.
때론 무심한 척
서로 슬쩍 곁눈질하기도 한다.

나로선
시간이란 놈에 대해서
꽤 규칙적이라고 찬사를 보냈던
이전의 판단을 거둬들이는 짓이기도 하다.

기다림은
못생긴 분침만 쳐다보는 일이다.
사람을 봐야 하는데
그 사람은 이미

마음속에 들어앉아 있어
눈에 보이지 않는다고
투덜대는 일이다.

보이지 않는 사람보다
짓궂게 게을러진
태연한 시간만 탓하는 일이다.

이모티콘

펜과 편지지를 버리고
좁디좁은 네모 칸들이 교신한다.

감정도 규격화되려나
사랑조차 방식이 통일되어
고백도
떨림도
이모티콘 뒤에 숨어 버린다.

오묘하여 복잡해진 마음을
이모티콘은 받아 주지 않는다.

이모티콘 표정이
그대의 마음인지
통신회사의 감정인지
알 수 없는 시대라서
누구라도 선뜻 다가서기가 어렵다.

사람 사는 바다에
낯선 섬들이 솟아나기 시작했다.

입속의 가을별

별이 노래를 한다.
외로워진 가을 별이 노래한다.

그대가
별의 노래로 지상을 다녀간 후
바람이 부딪히는 곳마다
고운 별이 생겼다.

귓속에 별 하나
입속에도 별 하나

지상의 모든 꽃들은
하늘의 별이었다.
피우고 또 피어난
푸른 별이었다.

가을이 되어서야
별이 꽃으로 피어남을 알겠다.
가을밤,
꽃밭으로 피어난 하늘을 보았다.

제3부

노란 배
—2014년 오월 시청 앞 광장

속절없이 배가 가라앉은 후
침묵이 먼지처럼
사람들 심장으로 가라앉았다.
입을 닫은 것은
'그대로 있어라'는 그따위 명령 때문은 아니었다.
하고픈 말은 가슴속에서 터지지만
단어들을 생각할 힘이 빠져나갔기 때문이다.
기괴하게 비틀린 괴물을 타박할
한숨조차 메스껍기 때문이다.

사람들은 말 대신
단어 대신
노란 배를 시청 앞 잔디 위에 띄웠다.

너희들은 더 이상 가라앉지 마라.
대꾸 한마디도 못 한 채
우리 눈앞에서 사라져 갔듯
가라앉아서는 안 된다고
파란 땅 위에
노란 배 가득 띄웠다.

바코드

이마에 문신처럼 박은 바코드.
졸업장과 직장 이름이
검은 비 되어 흐른다.
굵은 세로금 하나에 허영과
얇은 세로금 둘에 욕망이
열병식 군인처럼 늘어서 있다.
성품은 표식이 없고
선한 지혜는 선 사이로 몸을 숨겼다.

무한 경쟁을 우상처럼 숭배하는 세상에서
사람은 누구에게나 타인이 되었다.
눈길을 외면하고
상품 같은 간판만 확인한다.
마음을 여는 짓은 헛된 사치가 되었다.
순결한 명예는 비밀처럼 은신하고
흐르는 물들조차 앞을 다툰다.

어울려 사는 일이 불편해진 세계,
바코드 줄무늬만
드글드글하다.

외교 유연성

이 땅을 적신 피의 흔적은
질기고도 모질다.
역사의 여기저기
능욕의 흔적이 가득했다.
상처마다 차가운 피가 배었다.

이곳 사람들은
상처도 무력한 자신 때문이라 자학한다.
그럴 때마다 상처가 덧났다.
피해자가 자탄(自歎)을 반복하니
가해자는 해명을 멈췄다.

기억이 뒤틀려
힘의 숭배가 종교가 되었다.
힘을 숭배하고
힘을 가진 자를 추앙한다.
힘을 가진 자는 무오류라고 믿기 시작한다.

힘 논리가 주술처럼
스스로 번식하는 세계에선

희망도 비전도
도대체 용기를 갖기 어렵다.
묵은 두려움이 때도 없이
고개를 쳐들어
가운데 서려는 선언조차
멸시의 대상으로 전락하곤 했다.

그래도 살아남아야 하지 않겠나.

가련한 새우가 아니라
영민한 돌고래가 되어
모질게 살아남고 싶다.
날렵한 자태로
무섭고 우둔한 고래들과
몸을 부대껴야 할지라도.

이겨 내야 하리라.
자학 때문에 기억은 못생겨졌지만,
꿈은 새로워야 할 권리가 있다.
두려워 이빨을 드러낼 것이 아니라

생각으로 이겨야 한다.

해가 저물고 내일이 온다.
희망은
상처투성이 이 땅에서 시작하고 싶다.
두려움은 마음의 일,
마음에서 생각이 나오고
상상은 비로소 넉넉해질 것이다.

기내에서 비빔밥을 맛있게 먹은 이유

─
　　우리는 가난한 기지촌 지식인
　　지적(知的) 본류
　　제국으로 향하는 날

　　제국의 독기로 품어 나오는 지식에는
　　대책 없이 압도당하며
　　기지촌 주민에겐 다소 거만하게 군림해 온 행각.
　　그것은 기지촌 지식인의
　　생존의 방도.
　　모멸감은 더러
　　역병처럼 엄습하곤 했다.

　　우리 머리의 절반은 저열한 세계화,
　　나머지 절반은 눈물 젖은 비평이다
　　순응도 운명이며
　　저항도 운명이라
　　19세기 끝난 지 이미 오래,
　　기지촌 번뇌는 끝이 없다

─
　　제국의 시대,

권력은 지식의 끝에 여지없이 묻어 나온다.
두려움도 운명, 결국
극복도 운명

21세기 제국의 메마른 영토로 들어가는 날,
모국의 양지바른 땅에서 키워진
선도 빛나는 몇 점 야채와
적당한 체온으로 속살을 드러낸
조국의 백반(白飯)과
기지촌 지식인의 하염없는 고민
끝내 내주지 못할 것 같은 자존심
모두 고루 섞어
맛나게 먹는다.

시대를 눈물 나게 먹어 치우는 방법은
바로 그것이었다.

해양정치론

바다의 신탁통치 받은 지 이미 오래
섬은
몸도 마음도 바다의 포로가 되었다.

바다는
가녀린 섬을 에워싸고
요리조리
갖은 방식으로
섬을 짓궂게 놀려 댄다.

뺨을 어루만지다가도
바람 부는 날이 되면
불쑥 화를 내며
모질게 때리기도 한다.

섬은 울지 않는다.
바다에 사로잡혔으나
말을 줄이고
고분고분한 환자인 척 굴었다.

침묵도 저항이다.

섬은
해양 제국주의의 전리품이었다.
바람에 몸부터 먼저 누인 풀처럼
낮게 엎드려
독립 해방의 날을 간절히 기원한다.
섬들이 바다 밑으로
비밀스럽게 서로의 손을 잡고
줄지어 앉아 있는 까닭도
그것이다.

세력균형론
―구성주의적 해제

우리가 언제쯤 같아질까?
혹여 너와 나의 무게가 같아진다면
얼굴을 비비며 사랑하게 될까?
아니라면 젊은 부부 사랑싸움질하듯 다투게 될까?
홀로 비밀을 갖고 싶은 유혹은 생겨나지 않을까?

사랑의 농도를 잴 수 없듯이
숨겨진 힘을 잴 길이 없다.
저울 위 눈금이 부서진 지 이미 오래,
고장 난 저울 위에서
알 수 있는 것은
아무것도 없다.
어느 편이 기울고
어떻게 같아지는지
무엇을 알 수 있으랴.

결국 창과 방패 같은 기괴함 아니더냐.
모순이 어설프게 경합하는 방식도
모두 사람 마음의 일이다.
같아져야 한다는 주술도

같아지면 다툼이 사라질 것이라는
막연한 기대도
다 사람 머릿속의 일이다.
모순의 신화도 그런 것이다.
사람들이 다만
그렇게 말해 왔을 뿐이다.

지정학 유감(遺憾)

땅은 자연의 생각
정치는 사람의 일이다.

나무와 땅, 강들은
줄곧 평화롭게 어울렸는데
바다 또한 늘 의젓한데,
사람들 머릿속은 온통 다툼뿐이다.

사람들은 말을 하지 않는
땅과 바다 위에
욕망의 덫을 씌우고
다툼을 부추겼다.
땅(大陸)과 물(海洋)이 서로 싸우는 일이라고 불렀다.

땅과 바다가 맞닿은 곳에서
사람들이 크게 다툴 때마다
땅에서는 신음 소리가 났다.
바다 또한 우는 소리를 낸다.
사람들이 땅과 바다를 사랑한 것이 맞느냐.

―

땅과 바다가 화해할 일이 아니다.

의젓한 땅(地)과 못난 사람(政)이 화해해야 할 일이다.

거짓말의 정치학

와이가 제이를 때린다.
제이도 와이를 때린다.
굵은 반점을 재차 확인해 가며
사랑한다고 속삭인다.
권력이 국민을 때린다.
'사랑하는 국민 여러분~'은
매질 예고의 주문(呪文)과 같다.

국민들은 맞고 사는 일에 익숙해졌다.
군인은 총검으로 윽박질렀고
검찰은 압수수색으로 무섭게 매질한다.
사람들은
정치 원리의 오래된 관습이라며
해맑고 멍청한 웃음을 짓는다.
더 뜨거운 사랑을 원한다며
자유를 쓰레기통에 처박아 두곤 했다.

권력의 회초리는
쓰리고도 달콤한 초콜릿 같다.
맞을 채비를 갖춘 사람은

어디나 늘 있다.
스스로 만든 길인 줄도 모르고
으레 그런 것이라며,
그것이 정치의 본질이라 굳게 믿는다.
때리는 자들도
맞는 자들도.

정치학이 불구된 지 오래다.

진지전

나의 친구는
자신이 주저앉은 자리에서
앉은뱅이처럼 외친다.
여기가 최적의 공격 지점이라고.

사방 두터운 벽은 포대기와 같다.
이곳에는 늘 은근한 유혹이 넘친다.
실바람 춤추듯 넘실댄다.
여기는 제법 안전한 곳,
이곳은 제법 타당한 곳.
더 나아가지도, 그런다고
퇴각 또한 어려워진 지점에 머물러
그는 자신을 무수히 독려한다.
'공격은 내일 이 시간부터야.'

진지 밖 세상
황홀하게 꿈꾸다가
겁먹은 강아지처럼 두렵게
소리 내어 울며
침 삼키듯 외친다.

'이곳은 최상의 공격 지점이야.'

아무도 그에게 진격 명령을 내리지 않는다.
그의 안도,
그의 불안,
저울 속 손사랫짓 같은 팽팽한 긴장.
그의 진지 속에는 온갖 개념들만
협화음처럼 충분하다.

북구의 새벽

상트페테르부르크의 새벽,
야간열차의 여행이 끝난 곳에
비가 내린다.

북구의 질척한 대지 위로
껍질째 얹히는 비,
비 젖은 땅처럼 흐느끼는 여인의 눈물이다.
이것은 아스라한 혁명의 후주곡,
사랑의 떫은 뒷맛이다.

혁명군의 절규는 대지에 묻히고
에필로그 생략된 수필처럼
아물지 못한 상처들만 그득 넘친다.

그리하여 축축해진 도시는
먼지 풀풀 분주하고
사람들 숨소리에 묻어 나오는
자본주의의 윤기가
도대체 거칠 것이 없다.

상트페테르부르크의 새벽에는
고궁의 화려한 자태와
제법 습한 추억들이 처연하게 어울려
한나절 구경거리를
충분하게 남겨 놓았다.

야간 비행

날자,
높이 날자.
세상이 혼탁하여
빛들이 색을 감출 때는
높은 곳까지 날아올라야 한다.

높은 곳 어딘가에는
다툼의 끝이 있을 것이다.
높이 솟아야
절망 끝에 죽은 빛들이
다시 살아날 것 같다.
끄트머리가 시작을 품고 있듯
희망과 기원이
매달리듯 맞붙어 기다리고 있을 것이다.

좌로 간들
혹은 우로 간들
가는 길이 무슨 뜨거운 쟁점이랴.
깜깜한 어둠 속에서는
위로 오르는 일만 중요하다.

다만 높이 치솟아 보자.
어둠의 꼭짓점에
빛이 숨어 있을 것을
나는 안다.
위로 떠오르려 하는
몸뚱이를 탓하지 말아야 한다.

날자,
높이 솟아야
좌우 구별도 없고
앞으로 나가는 길이 생길 것이다.
더 높이 날자.
빛이 보일 것 같은 시대까지.

알 수 없는 일

내가 사는 시대는
질긴 고기와 같다.
육즙은 박약한데 풍미조차 사라져
입안 그득 채운
수입 소고기 같다.

손잡고 어울리는 방식은
엉성하고 산만하다.
사람들은 각자의 영토 안으로
잘게 쪼개진 파편처럼 살아간다.
허영이 겸손을 타박하고
소수의 욕망이
다수의 묵종 위에 군림한다.
불완전한 지식이
기괴한 지능 기계를 통해 끊임없이 번식하여
세상 명도(明度)는 점점 낮아진다.

그래도 숨 쉬며 살아야 하는 이유는
모진 습관 때문일까, 아니면
아버지 시대가 남겨 둔

옅은 희망 때문일까,
수년 전 잠시 품었던
열망 때문일까.

알 수 없다.

내가 사는 동안
고기가 부드러워지고
향기가 되살아날지
그건 알 수가 없다.
내가 죽어 갈 시간에 이르러
영토 밖으로 내미는 인간의 손에
조금이나 온기가 남아 있을지
그건 참 알 수가 없다.

지혜롭게 혹은 비겁하게

사람들 대화법이 이상해졌다.
역사에 대해서
정치에 대해서
혹은 외교에 대해서,
화법은 거칠고 둔탁하다.

내가 바라는 세상이 오지 않았으니
나라도 마음 상하지 않으려면
그들 혼자 말하게 내버려 둬야 한다.
중년의 나이에
남은 추억이라도 붙잡고 싶으면
못 들은 채 대답을 피해야 한다.
모진 화법을 견디는
나의 대화법이다.

사람들의 생각은
스무 살에 머물러 있다.
일 센티도 자라지 못해
맵고 투박하여 단단하다.
냉전 시대 그물 안에 갇혀 있다.

내가 말이라도 걸 수 있는 것은
바다뿐이다.
나는 바다에게만 말을 건다.
즉답을 피하는 바다의 심정을 헤아려 본다.
비겁하고
지혜로운
나와 바다의 대화법이다.

바다에게서는 언짢은 소리를 들은 적이 없다.
그물을 빠져나온 바닷물처럼
유려하고 유연하게
비겁하고 지혜롭게.

채도 낮게

풍경은 왜 이렇게 소란스러워졌을까.

귀를 닫은 사람들의
거친 언사가
세상 풍경을 뾰족한 색들로 바꾸어 놓았다.

두 가지 원색으로는
눈이 아프다.
가을 단풍이 아름다운 것은
남겨진 녹색 잎과
함께 알록달록 어우러졌기 때문이다.

원색이 맹렬하게 부딪히는 세상 풍경으로는
숨조차 가쁘다.
천천히 생각하고
깊고 그윽하게 입을 떼는
문법이 버려졌기 때문이다.

채도 낮추어서
딱 오 년만 살고 싶다.

흐릿하게
먹먹하게
눈을 반만 떠 있어도
안도하는 그런 시대였으면 좋겠다.

하루만, 딱 하루만

—

딱 하루만
화를 내고 살자.

벽 안에 웅크려
교양인 척
관용인 척
저항은 정신병처럼 지쳐 버렸다.
이글거림으로
벌겋게 색이 바래져
이제는 처량해져 버린 울분이

연기가 되어 스러질 때까지
한낱 애절함도 남기지 말고
풍성한 재가 되어
느낌조차 활활 타 버릴 때까지
하루만,
딱 하루만
미친 듯 화를 내고 살자.

—

절제가 옹색해졌다고

누군들 쉽게 비판하랴.
좁은 골목길,
세상 온갖 배설물이 쏟아진
이 길을 지나야 한다.

분노의 열정이
불타듯 날아오를 때까지
가슴 뜯어 헤치고
마침내 각혈하듯

딱 하루만
화를 내고 살자.

깨어 있는 시민

―

깨어 있음은
생각을 끊지 않고 있다는 것이다.
누군가 깨어 있어
눈을 뜨고
사람의 길,
세상의 얼굴을 지켜봐야 한다면
나는 그것이 나이고 싶다.

그대가 점점 지치고
생각하는 힘을 잃어 갈 때
두려움으로 꿈이 옅어질 때
눈과 입을 닫고 침묵하려 할 때
자유의 문을 걸어 잠그려 할 때

나는 깨어
생각을 끊지 않고
그리움도 끊지 않고
희망도 미래도
소중한 일임을 알리고 싶다.

―

사람 사는 일이란
자유가 힘겹게 일어나는 일임을
혼자라도 줄곧 깨어 있으므로
확인하고 싶다.
나조차 생각을 끊으면
이 세상 모든 사상은
거기서 끝나는 것이다.

아름다운 시

높고 맑은 하늘,
여린 담록 잎이 단풍으로
묵직하게 익어 갔던 일,
이런 풍경들을 아름다운 언어로
기억해 두고 싶었다.

산 위에서 봤던 풍경화와
시장 바닥 인물화 사이에는
슬픈 간격이 있다.

사람들이 어깨를 부딪히며 사는 곳에는
늘 바람이 불고
불편한 비가 내렸다.

전쟁을 겪지 않았으니
아버지 시대보다 덜 고달팠을까?
징용 공포가 없어도
일상의 평화는 위태로웠다.
정치는 아둔하고
시장은 속되다.

계급이 벌어지고
목숨은 가벼워졌다.
예술의 감동은 반딧불 같아서
눈물 몇 방울이
오래된 습관을 바꾸지는 못한다.

지구별은 아름다우나
별이 안으로 죽어 가니
어디라도 비 오지 않는 날이 없었다.

'살다 가면 그뿐'
한탄하며 시를 쓴다.
아름다운 언어로 시를 쓰는 일은
고된 숙제와 같다.
원근의 간극이
뒤죽박죽 불완전해서
더욱 고되다.

그래도
아름다운 시를 써야 한다고

울며 주장하는 일은
더러운 것들을 버리고 싶고,
버려야 하는
얄궂은 희망 때문이다.

제4부

새벽별

모든 별이 하늘을 떠났을 것이라고
의심했던 시간에
새벽별 하나를 만났다.

나만은 스러지지 않겠다는 결심으로
홀로 하늘에 단단히 박혀
새벽을 깨우고
하루를 살려 내려 한다.

의심은 결심의 서막이다.
꿈이란 것도
사라지지 않을까 걱정하는 시점에서
새로운 결기를 낳는다.
새벽별이 하루를 살리듯
혹여 깨질까 염려하는 꿈들이
보란 듯 내일을 살려 낼 것이다.

새벽별이
시리도록 내 눈 안으로 들어왔을 때
저리도록 희망을 가슴에 다시 품었다.

나뭇잎은 물결을 탓하지 않는다

나뭇잎 하나
냇물 위에 누워 하늘을 본다.
절반쯤 하늘과 몸이 섞인 구름은
농도가 적절하고
햇살은 마침 싱싱하다.
찰랑찰랑
등 떠밀려 내려갈 시간이다.

물살들이 서로 부대끼며
낮은 신음 소리 내는 걸 보니
내가 흘러야 할 시간이다.

여행이란 그런 것이다.
나뭇잎은 물결을 탓하지 않는다.
하늘도 바람도 탓하기 힘들다.
내가 서둘러 움직이려 한 것은
더더욱 아니다.

살아가는 일은
부름을 받고

또 다른 이름으로 불리며
찬찬히 흘러가는 일이다.

한 걸음

열 걸음 안에
한 걸음이 있다.
문이 열리면서 한 걸음
문이 닫히면서 한 걸음

문을 열고 닫으며
길을 걸었다.
문을 여는 곳곳마다
출발이 기다렸다.
목말라하는 곳으로
나를 보내는 것이
현명하지 않은가.

작은 것은 늘
작은 것으로 이어져
걸음걸음의 두께만큼 꿈이 쌓였다.

남은 날의 문을 열며
그렇게 살아야 하리라.
담백한 자태로 걸음 걷듯

때론 굳은 땅을 박차듯
그렇게 걸어야 하리라.

또 문이 열리며
큰 문을 만났다.
문을 넘으려
발을 제법 쭉 뻗는다.
한 걸음 안에
걸어왔던 열 걸음이 있다.

신작로

새로 만든 길 위에는
출발이 기다렸다.
그것을 마다하지 않았던 것은
길이
또 다른 길을 만들어
내딛는 걸음마다
새로움을 새길 것이기 때문이었다.

먼지 풀풀 날리던 신작로는
포구 밖을 향해
곧게 뻗어 누워 있었다.
열세 살 소년의 두근거렸던 출발은
신선하고 새로웠다.

먼 길 끝에서 돌아와
먼지 사라진 신작로를 걷는다.
다시 출발을 다오.
다시 새로움을 새겨 다오.

걸음 하나로

나는
오늘이 가장 새로운 길임을 알고 싶다.
살았던 날
살아갈 날들이 모두
새로운 날임을
불현듯 깨닫고 싶다.

보청기

어렵사리 마련해 드린 보청기,
어머니는 한사코 빼놓으신다.
1926년 이래
뒤죽박죽 세상의
부질없는 소리,
가져갈 것들도 아닌데
이 땅 위 못난 인간들이 만드는 소리
그 무슨 소용이랴 싶으신가 보다.

보청기를 끼면
세상 온갖 잡설에
아버지 목소리 묻힐까
염려하시나 보다.

생불처럼 야위어 가는
우리 어머니,
사람 소리 듣지 말고
바람 소리만 들으세요.
바람결에 묻어 있는
다시 오신다는 약속만

귀담아 두세요.

그 나머진 어차피
착(着)일 겁니다.

낡은 단어

오랜 친구가 문득
'자승(自乘)'이란 단어를 끄집어내고
혼자 키득거렸다.
'단어가 너무 낡았어.'

내가 버린 것도 아닌데
혼자 숨어 지냈던 단어였다.
단어가 묵언수행했던 기간의
낡아 버린 햇수만큼 더 무겁다.

낡은 것은
기억이 무거워졌기 때문이다.
기억이 다 슬픈 것은 아닌데
낡았다고 중얼거리는 말이
슬플 뿐이다.

되살아나지 않으면 기억이 아니다.
단어가 불쑥 부활하듯
바다도 살아나고
섬도 살아난다.

모두 되살아 나와야 기억이 된다.

의미 없는 기억이란 없다.
낡아 가는 목숨도
살아왔음을 증언한다.

바다의 물결들은
그대와 만들었던 기억들이
출렁거리며 되살아난 것들이다.
물결이 홀로 나타나지 않고
겹겹이 쌓여
몇 자승처럼 흔들리는 것은
그대와 내가 부대끼며 살아왔던
기억 때문이다.

멀리서 산을 보다

자태가 좋은 산을 보려면
내가 반드시
좋은 산에 서야 할 이유는 없다.
산세가 좋다고 산길을 찾아가면
산을 볼 수가 없다.

좋은 산을 보려면
내가 지금 오르는 이 산이
오랫동안 두고 봐야 할 저 산보다
못난 산이어야 한다.

지금 이 땅이
눈물 그득 고여
걸음조차 분간하지 못하는
척박한 시대여야 할지 모른다.

험한 곳에 몸을 두어야
눈이 신선하게 열리고
귀중한 소리가 들린다.
나의 몸이 가장 고단하여

지쳤다는 말조차 버거울 때라야
그대의 사랑이 비로소 보인다.

울음

—

내가 저 단 위에
국화꽃으로 싸인 사진으로 앉아
검은 리본 사이로
얼굴만 내밀고 앉았을 때

사람들은
그리움 때문에 울까
사랑 때문에 울까
숨어서 울까
전염되어 울까

각자의 독립된 슬픔을
내가 다 알 수는 있을까
그들의 눈물 속에
나는 얼마나 오래 살아 있을까

나를 잊은 지 이미 오래되었을 때
간혹 내가 없어 뭔가 불편하다 느낄 때
내가 생각나 줄까

—

나의 영정 사진과
그들의 울음을 생각하며
내가 눈물을 흘렸다.

시간 계산법

—   사람들은
시간을 뭉텅이로 본다, 간편하게.
한 몇 달,
한 몇 년 하면서.
그 덩어리에
휴식기,
회복기,
재충전기라는 이름을 붙인다.

시간은 뭉텅이가 아니더라.
살아 낸다는 것은.

시간에는 매분, 매초가
빼곡하게 채워져 있다.
앞뒤 열을 잘 맞춰
행렬처럼 오는 것이다.
그것 하나하나 확인하여
쪼개고 쪼개면서 살아 내는 것이다.

—   시간이란 놈은 그러므로

미분 계산만 가능하다.
잘게 쪼갠 시간의 입자들을
하나하나 더듬지 않고는
살아 낼 재간이 없는 것이다.

시간이란 것이
촘촘한 그물처럼 짜여 있다는 것을
낱낱이 확인하는 일이다.
우리 산다는 것은.

길

큰 배, 작은 배
보이지도 않는 길을 잘도 찾아다닌다.
바다는 길을 내어 준 것으로 생각하고
배들은 스스로 길을 만들어 닦은 것이라 주장한다.

태어나 살며 죽어 가는 길
그 길도 바닷길과 같다.
세상은 길을 정해 두고
사람더러 짐을 지고 걸어가라 한다.

바다 아래,
한 걸음 밑으로
두 걸음 옆으로
눈길 가는 곳곳에 오솔길이 있다.
길눈 밝은 배들조차
눈치채지 못한 길이다.
물고기가 헤엄치고
해초 사이로 매끈하게 잘도 구부러진
오솔길들이다.

돌아보니 나는
작은 통통배 여객선이었다.
짐짓, 길 좀 아는 체하며
사람들을 실어 날랐다.

바다 밑 어디서나
길이 사방으로 뻗어 있음을
나는 그때 생각하지 못했다.

갱생을 위한 이륙

날자
날아오르자

구름 위는
평원이 하얗게 푸르고
바다는 고요하여 너그럽다.

나뉘어 갈라진 땅을 떠나니
이곳 경계는 잔잔하게 평화롭다.
아, 지상에서 멀어질수록
세상은 가벼워지고
저들 조각들의 다툼도
한낱 가소로운 일이다.

모든 새 출발은 여기부터다
경계를 넘어
세상을 열면
사랑도 평화도
용서와 관용도
열린 하늘의 뒤쪽에

안전하게 기다리고 있을 것 같다.

날자
날아오르자
버릴 건 모두 버리자.
오, 넉넉해진 새로움이여
오, 거룩하고도 위대한 갱생이여

습자(習字) 1

—

너무 부드러우면
속내를 드러내지 못하는 때가 있다.
연성 펜촉은 자주 헛발질을 하고
종이 위에 철길을 만든다.

조급해진 마음 탓해 보다가
살풀이하듯
펜촉과 진득한 싸움 한판을 벌인다.
몸을 열어 깊게 해부하고
목수가 원목 재단하듯
머리와 몸, 선을 맞춘다.
스와핑도 마다하지 않는다.

곧 얌전해지는 글씨는
갱생이 달콤한 일임을 선언한다.
안착(安着)이 고액(苦厄)의 종착역임을
넌지시 암시한다.

글씨가 생글거리며 말한다.
—
사람도 고쳐 가며

그렇게 다시 살아가는 것이다.
요모조모 요령 있게
변신하며 사는 일이다.

그런 희망으로 사는 일이다.
너무 모질게 굴지 않아도
살아가는 길은 있다.
부드러움을 잃지 않으면서도
나를 다독이며 의연하게 사는 일,
갱생의 단계를 지나야
안착도 비로소 가능해진다.

습자(習字) 2

잉크는 펜촉 끝에 간신히 몸을 붙들고 있다.
눈물보다 작은 몸이다.
사각사각
가냘픈 획들을
종이 위에 얹는다.

그럴 때마다 뚜벅뚜벅
우리 선생님이 걸어오신다.

열아홉 나이로
거제 포로수용소에서 걸어 나와
통영에서
아이들을 가르쳤던
우리 선생님.
고향은 평안도 어디랬는데
갈라진 반도의 남쪽 끝에서
교사가 천직이었던
우리 선생님.

성적통지표 위에

깨알보다 작게 숫자들을 새겨 넣고
생활기록부 작은 네모 칸마다
아이들의 불안했던 장래를
반듯하게 걱정하였다.

우리들은 잘 살았을까
나의 생애는
그의 염려를 넘어
불안하지 않았을까

사각사각,
선생님 글씨를 닮아 가 보자.
획을 가늘고 야무지게 그어
글씨를 작게 다듬어 보자.
선생님 걱정으로
이만큼 자랐다고 야물게 대답헤 보자

미분(微分)

'딱 오 년만' 견디면 된다는
못난 정권은
영원히 갈 것만 같다.

걸음으로 채워야 하는 길을
한 몇 달, 한 몇 년으로 묶어
옆으로 쌓아 둘 수는 없다.

산다는 것은
분침과 초침이 넘어가는 매 순간을
몸으로 느끼는 일이다.
호흡 하나하나에 목숨이 걸려 있음을
새삼 확인하는 일이다.
산소 입자 한 놈 한 놈을
들숨에 꼭 붙들어 두는 일이다.
우리 집 노견이 맹렬히 사투했듯 말이다.

살아 있다는 것은
호흡 한 단락의 미분에서 나온다.
그래야 호흡이 멈췄을 때

걸어왔던 긴 시간을

'짧디짧았던 한평생'이라고

비로소 묶음으로 말할 수 있다.

불만

사투를 벌이는 노견에게
시간은 어떻게 흐를까.
초침 넘어가는 소리가
벼락처럼 날카롭지 않을까.

가쁘게 호흡할 힘도 없는
가냘픈 짐승에게
시간이 절도 있게 흐르는 것은
정당한가.

변함없는 원칙이란
불만스럽게 엄중하다.
분침 초침 일각에 열 지어 걸려 있는
시간이란
참 몹쓸 일이다.

사람 사는 못난 세상에 왔으니
곁눈질만으로도 힘들었을
모진 세월 넘긴
늙은 짐승에게

시간이 후다닥 지나가지 않는 것은
참으로 잔인한 짓이다.

겨울 여행

겨울은 길 끝에 붙어 있었다.

바람이 숙명의 겉옷을 입고
나의 등을 떠밀어
나는 먼지처럼 돌아다녔다.
나무가 옷을 벗을 무렵이 되어
새삼스러운 조우를 생각하였다.
돌아와 보니
나보다 먼저 되돌아온 것은
겨울이었다.
견뎠기 때문.
그리움 때문.
겨울도.
나도.

내가 지나왔던 계절은
한때는 꽃 피었던 동산에 있었고
울긋불긋
슬픔과 기쁨을 섞어 나누었지만
결국 길의 끝에는

겨울이었다.
바람이 쉬임 없이 나를 떠밀었던 이유도
그것이었나 보다.

마지막이지만
끝은 아니다.
혹은, 끝이라 할지라도
영영 없어지는 것은 아니다.

여행이란 그런 것 아니었나.
돌아오는 길에
다음을 기약하곤 했다.
겨울의 저쪽 앞에는
새로운 시작이
매달려 있을 것 같다.

그러니, 나는 너의 안으로 들어가
웅크리지 않고
피하지 말고
반듯하게 서 있기로 했다.

날개를 달고 싶다

—

　이승의 인연들이
　더 깊어지지 못하는
　끄트머리에 이르면
　솟아오르는 것 외에
　다른 방도는 없지 싶다.
　그때가 되면
　태연한 채 무덤덤한 표정으로
　날개를 달고 싶다.

　살아서 봤던 것은
　이국의 풍경이었다.
　산과 나무는 현란했고
　바다는 차분하여 황홀했다.
　절망이 가시 되어
　콕콕 찔러 댔던 거리도 있었다.
　세상 속 풍경은
　그렇고 그런 연분(緣分)으로 꿰어져 있었다.

　풍경도 끝에 이르면
—　무섭고 질긴

번민을 벗겨 낼 일만 남을 것이다.
욕망을
성냄을
어리석음을
쓰레기 버리듯 버리고 싶다.
상처는 제법 굵은 힘줄로 남았으나
아물어 가니 무엇을 탓하랴.

바람이 소리치며 부르는 대로
용감하게 날개를 달고 싶다.
다만, 솟아나고 싶다.

차례

향을 피워 올리고
어머니가 곱게 절을 한다.
소녀처럼 고운 자태로 절을 올린다.

아버지 드실 음식은
사라진 지 이미 오래,
'오도독,'
음복해야 할 생밤도 온데간데없다.
종교의식이 지배하는 공간에
차례상이 비워지고
사람 향기 대신
엄숙한 향내만 진동한다.
기원의 시간이 짧아지면서
격식이 늘어난다.
재회는 법문(法文) 속에 묻혔다.

아랑곳하지 않고
어머니는 간절한 자태로
절을 올린다.
새색시처럼 곱게.

발걸음

내 발걸음은 내가 안다.
보폭과 속도,
좌표와 행로.

운명은 앞에서 부는 바람과 같다.
바람을 결대로 몸에 받으면
조밀조밀 붙어 있는 숨소리를
제법 알 것도 같았다.
바람의 뾰족한 돌기를 느낄 때는
웅크려 피할 수 있다고 생각했다.

이제
등 뒤에서 바람이 불고
바람이 실어 나르는 묵직한 예언을
얼핏얼핏 들으며
엎드릴 틈도 없이
그냥 떠밀리듯 걸어간다.
그러니, 뒤에서 부는 바람은 숙명과 같다.
사람 목숨이 무력함을 이제 알겠다.

앞에서 부는 바람과 마주할 때는
발자국마다 설렘이 껌처럼 붙어 있었다.
그런데도 바람은 뒤에서 불어
밀려 걷는 걸음은 떨려 불안하다.
하니, 좀 더디게 걷고 싶기도 하다.

밀려 걸어도
걸어야 하는
내 발걸음은 내가 안다.
보폭을 줄여 속도를 낮추되
노년의 걸음이 멈춰 서야 할 그곳은
내가 안다.

길 끝에서

조강석(문학평론가)

1.

춤추는 별을 잉태하려면 반드시 스스로의 내면에 혼돈을 지녀야 한다고 니체는 말한 바 있다. 김기정 시인의 새 시집 『나는 무수히 발원한다』를 일독하고 이 말이 가장 먼저 떠올랐다. 여러 대목에서 카스파 다비드 프리드리히의 저 유명한 그림 속의 나그네를 떠올리게도 하는 이 시집에서 우리는 우선 다음과 대목을 읽어 보는 것이 좋겠다.

바람 부는 나의 정원에서
나는 어디쯤 시 있는가.

입구를 지나온 지 이미 오래,
지나왔던 길마다
실을 따로 매어 두지 않았으므로

되돌아갈 일은 막막하다.

—「미로」 부분

뒤를 돌아보지 말라는 당부를 잊은 자의 '뼈아픈 후회'는 동서양을 막론하고 신화나 전설에 빈번하게 등장하는 모티프이다. 그만큼 보편적이기 때문일 것이다. 누구에게나 문득 뒤를 돌아보고 싶은 충동이 불현듯 이는 순간이 있기 마련이다. 한 시인은 "어쩌다가 집을 떠나왔던가/그곳으로 흘러가는 길은 이미 지상에 없으니"라고 되뇌었지만(기형도, 「정거장에서의 충고」), 그것이 어찌 젊은 영혼에만 스며드는 우수이겠는가. 절대 돌아보지 말라는 충고는 무조건 돌아보게 될 것이라는 예언과 같다. 여기 한 여행자가 다시 그 길 위에 서 있다. 아리아드네의 실과 같은 이정표도 없이 혼돈 속에 놓인 이 여행자의 내면에 어떤 움직임들이 깃드는가?

딱 하루만
화를 내고 살자.

벽 안에 웅크려
교양인 척
관용인 척
저항은 정신병처럼 지쳐 버렸다.
이글거림으로
벌겋게 색이 바래져

이제는 처량해져 버린 울분이

연기가 되어 스러질 때까지
한낱 애절함도 남기지 말고
풍성한 재가 되어
느낌조차 활활 타 버릴 때까지
하루만,
딱 하루만
미친 듯 화를 내고 살자.

절제가 옹색해졌다고
누군들 쉽게 비판하랴.
좁은 골목길,
세상 온갖 배설물이 쏟아진
이 길을 지나야 한다.

분노의 열정이
불타듯 날아오를 때까지
가슴 뜯어 헤치고
마침내 각혈하듯

딱 하루만
화를 내고 살자.

—「하루만, 딱 하루만」 전문

구체적으로 어떤 정황이 관계되어 있는지를 정확히 지시할 수는 없지만 이 내면에 들끓고 있는 것이 무엇인지를 헤아려 보는 것은 가능하다. "저항은 정신병처럼 지쳐 버렸다", "이제는 처량해져 버린 울분이"와 같은 구절들이 한 정황을 환기시킨다. 일찍이, 세계를 해석하는 것에 안주하기를 그만두고 세계의 변혁에 참여하기를 요청한 이도 있었지만 성마른 성찰과 성급한 판단은 종종 사태를 그르치기도 하는 법이다. 어쩐 일인지 이 시의 화자는 "교양인 척", "관용인 척" 사태를 대면하는 것, 다시 니체의 표현을 가져오자면 '인식의 세계 정복'을, 그것에 안주하는 태도를 비판하고 있다. 틀림없이 자기비판일 이 질타는 소시민적 도덕을 현대의 대의로 삼는 태도를 비판한 김수영의 목소리와 물에 빠진 개에게 관용을 베풀다 때를 놓치는 것을 안타까워한 루신의 일갈을 배음으로 두고 있다. 성찰적 회고를 통해 삶의 새로운 전기를 마련하는 시들이 이 시집의 큰 줄기를 이룬다고 했을 때, 인용한 시에서 울리는 목소리는 이례적이기까지 하다. 교양과 관용과 절제의 미덕을, 심중에서 한 시기를 경영해 온 이가 어찌 모르겠는가. 그러나 때로는 교양이 알리바이가 되고, 관용이 오만이 되며, 절제가 안일의 다른 이름이 되는, 그런 한때도 있는 법이다. 아마도 이화자는 바로 그렇게 시간이 몸을 뒤집는 변곡점의 최근접 거리에 서 있었던 듯하다. 변곡점의 최근접 거리에서는 작은 전환이 한 시대처럼 보이기도 한다. 그런 점에서 볼 때, "분노의 열정이/불타듯 날아오를 때까지" "딱 하루만/미친

듯 화를 내고 살자"는 일종의 재귀적 청유에는 과장이 없어 보인다. 최근접 거리에서 보는 변곡점, 이를 가장 적실하게 표현하는 구절은 "한낱 애절함도 남기지 말고"이다. 소리 내어 외치는 것보다 이 구절의 울림이 더욱 크다. 어쩌면 마지막까지 망설이며 떨치지 못할 것이 연민이라는 것을 누구보다 잘 알고 있기 때문일 것이다. 물리적이든 심리적이든 깊이 패인 곳에서의 도약이 가장 큰 탄성을 얻기 마련이다.

2.

앞서 이 시집이 일종의 기행 혹은 '오디세이'의 형식을 띠고 있다고 말한 바 있는데 이 여정은 자연과 사회 그리고 인간에 대한 사유를 근간으로 삼고 있다. 어렵지 않게 우리는 이 시집의 곳곳에서 자연이 중요한 배경이자 사유의 처소로 등장하고 있음을 확인할 수 있는데 통영이 배경으로 등장하는 일련의 '통영 시편'을 그 대표적인 예로 꼽을 수 있겠다.

①
이별은
더 이상 이별이 아님을
통영 바다
섬을 보고서야 알았다.

외롭게 앉은 섬들

제각기 떨어져

울음 삼킨 듯 보이나

바다 밑으로

굳게 손잡고 있는 일들이

다만 저들만의 비밀도 아니다.

(중략)

언젠가 다시 만날 날에 대한 희망이

약속의 땅으로

바다 밑에 잠겨 있음을

새벽 바다

섬들의 소곤거림을 듣고서야 알았다.

―「손잡은 섬」 부분

②

통영이 시를 쓴다면

목신

뱃고동 같은 시를 쓸 것이다.

낮고 길게

울고 울며

나를 애절하게 부르는 소리,

나는 흔쾌히 대답을 못 하는데

그것조차 알면서

나를 부르는 소리.

―「통영 시작(詩作) 1」 부분

③

뾰족한 방도가 없는

그런 날들이 있다.

인간 몇몇의 탐욕은 간혹

올곧게 살아가려는

보통 사람들의 선한 의지를

허탈하게 만든다.

비바람 속에 섬이

체념한 듯 낮게 웅크리는 것도

인간의 욕망이 워낙

드셀 때가 있기 때문이다.

시와 시인을 낳은

이 아름다운 포구에

일 년 내내 비바람만 불지 않는 것은

참 다행스러운 일이다.

굼떴지만

역사가 인내하며 걸어왔던 길이기도 하다.

―「통영, 비바람 불 때」 부분

통영을 배경으로 하는 일련의 시들에서 통영은 단지 화자의 고향을 지시하는 고유명사이기만 한 것은 아니다. 그것은 물리적 대역을 지닌 지명이지만 시집 전체에서는 하나의 의미망을 형성하는 독특한 기표이기도 하다. 그 기능은 무엇인가? 첫 번째 인용한 시에서 통영은 상처받은 이들의 뒤에서 그들의 손을 이어 주는 연대의 기표로 작동한다. 두 번째 인용한 시에서 통영은 굳건히 한자리에서, 떠난 이들을, 그들의 떠도는 마음을 달래며 애절하게 부르는 근원으로 기능한다. 세 번째 인용한 시에서 통영은 체념과 인고를 가르는 표지자로 기능한다. 중요한 것은 이때 통영은 지리에 속한 것이면서 동시에 심리에 속한 것이기도 하다는 것이다. 어떤 심리적 좌표를 통영은 품고 있는가? 이에 대해 살펴보기 위해 우리는 이 시집에서 자연과 인간 혹은 자연과 사회 사이를 비스듬히 가로지르는 빗금을 우선 확인할 필요가 있겠다.

①
바다와 땅이 만나는 선은
어째서 저토록 매끈할까.

모든 선들이 다 미려한 것은 아니다.
사람과 사람 사이의 선은
직선에 가깝다.
지름길로 다가섰다가

연줄 끊어지듯

뾰족뾰족 상처를 낸다.

땅과 바다가 함께 만든 선은

도자기 허리 같다.

매끈하고 부드럽다.

        —「해안선」부분

②

사람들의 생각은

스무 살에 머물러 있다.

일 센티도 자라지 못해

맵고 투박하여 단단하다.

냉전 시대 그물 안에 갇혀 있다.

내가 말이라도 걸 수 있는 것은

바다뿐이다.

나는 바다에게만 말을 건다.

즉답을 피하는 바다의 심정을 헤아려 본다.

비겁하고

지혜로운

나와 바다의 대화법이다.

      —「지혜롭게 혹은 비겁하게」부분

③
땅은 자연의 생각
정치는 사람의 일이다.

나무와 땅, 강들은
줄곧 평화롭게 어울렸는데
바다 또한 늘 의젓한데,
사람들 머릿속은 온통 다툼뿐이다.

(중략)

땅과 바다가 맞닿은 곳에서
사람들이 크게 다툴 때마다
땅에서는 신음 소리가 났다.
바다 또한 우는 소리를 낸다.
사람들이 땅과 바다를 사랑한 것이 맞느냐.

땅과 바다가 화해할 일이 아니다.
의젓한 땅(地)과 못난 사람(政)이 화해해야 할 일이다.

―「지정학 유감(遺憾)」 부분

　　인용한 시들에는 자연과 사회의 대비가 확연히 드러나
있다. 첫 번째 인용한 시에서는 "사람과 사람 사이의" 직선
이 "땅과 바다가 함께 만든" 곡선과 대비된다. 두 번째 시

에서는 화자인 '나'를 경계로 등을 맞댄 "사람들의 생각"과 "바다의 심정"이 대비된다. 첫 번째 시에서 직접적인 효용성과 원만한 것의 유려함이 대비됐듯이 여기서는 젊은 날의 열정을 경직된 원칙으로 소진하는 사람들의 성마른 대화와 "즉답을 피하"면서도 사태의 복잡성을 고려하는 우회가 대비된다. 이때 화자인 '나'는 공히 사회와 자연을 가르는 빗금의 위치에 서서 자연 쪽으로 고개를 돌린다. 틀림없이 이 시집에는 이런 방식으로, 자연으로부터 일종의 위안을 구하는 심회가 담겨 있다. 그런데 문제가 간단하지 않다. 이 심회가 깊어지면 자연은 도피처가 되거나 초월의 발판이 될 수도 있기 때문이다. 세 번째 인용한 시를 조금 더 유심히 살펴볼 까닭이 여기에 있다. 인용한 대목의 앞부분에는 앞서 인용한 시들에서 살펴본 도식이 다시 한번 전개된다. 여기서 자연과 인간의 대비는 오히려 더 극적이기까지 하다. 그런데 시의 뒷부분에서 사유가 크게 회전한다. 자연은 자연대로, 인간은 인간대로의 이법과 욕망이 있다는 문제의식에 기초할 때 오히려 자연은 인간적 욕망에 의해 사물화되기 십상이다. 그러나 자연은 언제나 탕자를 품어 주기 위해 거기 있는 것이 아니다. 그것은 외려 자연에 대한 가장 인간적인 이해에 기초한 기대일 뿐이다. 조금 과장하자면, 근대 이후 도구적 이성이 자연을 개발의 대상으로 전락시킨 것과 인간적 이해에 기초해 자연을 마르지 않는 위안의 샘으로 간주하는 것은 일종의 쌍생아적 태도라고 하겠다. 중요한 것은 돌아가 기댈 대상으로 자연을 지

143

목하는 것이 아니라 자연과의 공존이다. 아니, 보다 정확히 말하자면, 중요한 것은, 테오도르 아도르노가 『계몽의 변증법』에서 간파한 것처럼, 내적 자연을 수복하는 것이다. 아도르노가 비판한 것처럼 도구적 이성이 자연을 지배와 개발의 대상으로 전락시키면서 종국에 식민화한 것은 다름 아닌 인간이 품고 있는 내적 자연이었다. 마찬가지로 자연을 위안의 대상으로만 삼는 것 역시 가장 인간적인 방식으로 자연을, 그리고 내적 자연을 소외시키는 것으로 귀결될 수 있다. 다시 시를 보자. 인용한 시에서 "땅"은 돌아가 기댈 자연의 표상이기도 하지만 동시에 "사람"과 화해해야 할, 인간의 내적 속성의 연장이기도 하다. 시의 마지막 대목에 해자된 지정학(地政學)을 한 번 더 해자하면 그것은 지정학(地情學)이 되기도 하기 때문이다. 그것은 대상화된 외적 자연과 인간의 내적 자연이 인간이라는 빗금을 눕혀 교통의 통로를 만드는 일이기도 하겠다.

3.
바로 그와 같은 맥락에서 다음과 같은 시가 눈에 띈다.

이승의 인연들이
더 깊어지지 못하는
끄트머리에 이르면
솟아오르는 것 외에
다른 방도는 없지 싶다.

그때가 되면

태연한 채 무덤덤한 표정으로

날개를 달고 싶다.

살아서 봤던 것은

이국의 풍경이었다.

산과 나무는 현란했고

바다는 차분하여 황홀했다.

절망이 가시 되어

콕콕 찔러 댔던 거리도 있었다.

세상 속 풍경은

그렇고 그런 연분(緣分)으로 꿰어져 있었다.

풍경도 끝에 이르면

무섭고 질긴

번민을 벗겨 낼 일만 남을 것이다.

욕망을

성냄을

어리석음을

쓰레기 버리듯 버리고 싶다.

상처는 제법 굵은 힘줄로 남았으나

아물어 가니 무엇을 탓하랴.

바람이 소리치며 부르는 대로

용감하게 날개를 달고 싶다.

다만, 솟아나고 싶다.

———「날개를 달고 싶다」 전문

이 시에서 우선 주목할 대목은 두 개의 종착지이다. 한쪽엔 "이승의 인연들이/더 깊어지지 못하는/끄트머리"가 있다. 또 한쪽엔 '풍경의 끝'이 있다. 그리고 이 시에서 두 끝은 포개어져 있다. 인간사의 끝에서 자연을 펼쳐 놓거나 자연이 인간의 등을 떠미는 것이 아니라 극점에서 이 둘은 "꿰어져 있"다. 빗금처럼 경계에 서 있던 화자는 이제 양쪽 끝이 수렴하며 포개어진 점 위에 서 있다. 인간의 한계와 자연의 영원이 아니라 풍경으로 분절된 번민과 세사의 인연들이 낳는 회오의 극점에 화자는 서 있다. 세 가지 길이 가능할 것이다. 첫째, 인연들 속으로 들어가는 것. 이것은 회군이다. 둘째, 자연 속으로 투신하는 것. 이것은 체념이 된 위안이다. 세 번째 길은 극점에서 솟는 것이다. 세 번째 선택지는 논리적으로, 시적으로 가능하다. 논리로서 그것은 비약이되 시적으로 그것은 "갱생"을 지시한다.

그런 희망으로 사는 일이다.

너무 모질게 굴지 않아도

살아가는 길은 있다.

부드러움을 잃지 않으면서도

나를 다독이며 의연하게 사는 일,

146

갱생의 단계를 지나야

안착도 비로소 가능해진다.

—「습자(習字) 1」부분

　우리는 이 "갱생"의 실정성들을 구체적으로 지정할 수는
없다. 다만, 이것이 시집 내에서 여러 번 표현되는 상승 지
향의 의지와 관계됨은 틀림없다.

모든 새 출발은 여기부터다

경계를 넘어

세상을 열면

사랑도 평화도

용서와 관용도

열린 하늘의 뒤쪽에

안전하게 기다리고 있을 것 같다.

날자

날아오르자

버릴 건 모두 버리자.

오, 넉넉해진 새로움이여

오, 거룩하고도 위대한 갱생이여

—「갱생을 위한 이륙」부분

이 상승은 "갱생"을 위한 것이고 "갱생"은 상승을 위한

것이다. 사랑, 평화, 용서, 관용과 같은 추상적 가치들이 "갱생"의 조건과 상승의 고도가 될 수는 있을 것이다. 그러나 중요한 것은 그 세목들보다는 의지 그 자체이다. 빗금으로 구획된 사회와 자연을 매개하는 것은 결국 소외된 내적 자연을 재발견함으로써 가능할 것인데,『공기와 꿈』과 같은 저서에서 가스통 바슐라르 같은 이가 보여 주었듯이, 상승적 기운을 북돋는 가장 '효율적' 기관이 예술이며 특히 시이다. 살펴보았듯, 김기정 시인의 언어는 빗금에서 한 점으로 수렴되었다가 상승하여 자취를 남기면서, "그래도" 아직 남은 희망을 환기하고 있다.

> 그래도
> 아름다운 시를 써야 한다고
> 울며 주장하는 일은
> 더러운 것들을 버리고 싶고,
> 버려야 하는
> 얄궂은 희망 때문이다.
>
> ─「아름다운 시」 부분